Superbørnene og de stjålne smykker

Mette Vejlstrup Friis

Superbørnene
og de stjålne smykker

© 2008 – Mette Vejlstrup Friis
Sats og omslag: Books on Demand GmbH
Forlag: Books on Demand GmbH, København, Danmark
Fremstilling: Books on Demand GmbH, Norderstedt, Tyskland
Bogen er fremstillet efter on-Demand-proces

ISBN 978-87-7691-232-1

Indhold

1. kapitel

Endelig sammen igen

Så blev det endelig sommer igen. Superbørnene, som de kaldte sig, bestod af Mikkel på 8, Michael på 10, Katrine på 12 og Mathias på 14. Michael og Katrine var søskende, og det var Mikkel og Mathias også.

De havde tilbragt et par uger sammen i hver sommerferie, siden de var helt små, og også af og til nogle weekender. De havde faktisk en fast tradition med at holde fastelavn sammen, og så holdt de også tidlig jul i oktober måned, bare for sjov.

Måden, de havde lært hinanden at kende på, var, at deres forældre var bedste venner. Deres fædre havde været soldater sammen, hvilket de også yndede at fortælle lange og ofte lidt for fantastiske historier om.

Men nu gjaldt det altså sommerferien. En dejlig, lang uge lå foran dem i hinandens selskab. I år foregik ferien i et lejet sommerhus ved Vesterhavet, som det ofte gjorde. Mikkel og Mathias mor elskede Vesterhavet. Hun kom fra hvidovre, hvor de i øvrigt også boede, så hun elskede den friske luft og de store vidder, som hun fik ved Vesterhavet.

Michael og Katrine kom fra Jylland, nærmere bestemt Silkeborg. De forskellige steder, de boede, gav altid stof til lidt feriedrillerier. 'Hvorfor snakker i så laaangsoomt og keeedeligt?' sagde Mathias til Katrine og Michael, 'I lyder, som om I har en kartoffel i munden, når i snakker, wæææwææ wææ, man fatter ikke en brik,' fortsatte han. 'Ja, og du snakker, som om du har fået huden flået af din bagdel og sat det op i hovedet,' forsvarede Katrine dem grinende.

Når sandheden skulle frem, elskede de hinanden, de var hinandens bedste venner, og de savnede tit hinanden, når de ikke var sammen. Drillerierne var en del af det hele. De planlagde og øvede sig på gode ting at genere hinanden med. De var alle aktive fodboldspillere og holdt med hvert sit hold, så det brugte de også en del tid på at genere hinanden med.

Dette års sommerhus var et stort luksussommerhus. Der var indendørs swimmingpool, boblebad og sauna, og desuden var der fire store soveværelser, og udenfor var der en dejlig, stor have med en kæmpe græsplæne, så de havde mulighed for at spille fodbold indimellem. Deres forældre lejede altid sommerhus med pool efter det forfærdelige år, hvor regnen silede ned hele ugen, og børnene kun havde været et, tre, fem og syv år.

Det havde været en ferie fra helvede, ikke for børnene, de havde moret sig storartet med at bygge huler og lege indianere og fange hinanden, faktisk havde de bundet den dengang etårige Mikkel fast til vaskemaskinen, og da det havde været, samtidig med at deres mødre var i gang med at vaske tøj, var de ikke blevet særlig populære, da Mikkel under centrifugeringen var blevet så svimmel, at han havde brækket sig i vasketøjskurven, som stod ved siden af. Siden den gang havde forældrene insisteret på at leje et sommerhus med pool, 'så kan man da altid kyle dem derud, hvis de keder sig,' sagde Katrine og Michaels mor.

2. kapitel

Den sindssyge kustode

Efter den første nat i sommerhuset, hvor de var faldet meget sent i søvn, fordi Mathias blev ved med at fortælle gyserhistorier om den formodede vindueskigger, som huserede i Hvidovre, var de alle fire taget en tur ind til byen sammen med deres forældre.

By og by, det var måske så meget sagt. Lilleby var en meget lille by med et par tusinde indbyggere, men den havde det, der skulle til for at være en ferieby. Et hotel, to dagligvarebutikker, tøj og sportsbutikker, og det lille Danmarksberømte museum, som udstillede alle de fine smykker, som de danske vikinger i sin tid havde bragt med hjem fra togterne i England.

Smykkerne var smukke og mange penge værd, da de fleste var lavet af guld, sølv og diamanter. Der havde været meget skriveri i aviserne om, at de meget værdifulde smykker burde ligge i et museum, der havde en større sikkerhed, og i en større by, evt. hovedstaden, så flere mennesker havde adgang til at se dem, men det var alt sammen endt med, at smykkerne blev i Lilleby.

Lilleby var nemlig den by på Vestkysten af Jylland, hvor vikingernes skibe i sin tid var sejlet ud fra og kommet hjem til, så det var jo egentlig her smykkerne hørte til.

'Skal vi ikke gå på museum, jeg vil så gerne se alle de fine vikingesmykker,' sagde Katrine. Michael rullede med øjnene. 'Museum, det mener du ikke?' sagde han. Katrine viftede sit pandehår væk fra ansigtet med en irriteret bevægelse. 'Jo, det mener jeg, bare fordi du er fuldstændig uinterreseret i alt andet end fodbold, kunne det jo være, vi var nogle, der gerne ville se lidt om den danske historie, og det kunne jo være, du kunne lære noget af det,' sagde hun og så meget streng ud.

Drengene fra Hvidovre forsikrede hende om, at de også meget gerne ville lære noget om Danmarks historie, så de gik alle fire mod museet, mens deres forældre skulle handle ind. Michael havde de andre drenge mistænkt for, at de bare sagde, de gerne ville med på museum, fordi de vidste, at Katrine godt kunne være sur i mange timer, hvis hun ikke fik en lille dosis kultur, når de var på ferie.

Solen bankede ned fra en skyfri himmel, så på vej derhen lagde de planer om, at de ville lokke deres forældre med på en dejlig strandtur om eftermiddagen, sådan en af de rigtig gode med madkurve, kolde sodavand og badetøj.

Der var ingen kø for at komme ind på museet, så de kunne gå lige direkte til billetlugen og købe billetter og derefter gå ind.

'Jeg kan godt forstå, der ingen kø er, der er da ikke nogen ved deres fulde fem, der vil bruge sådan en dejlig solskinsdag på at gå inde og kigge på gamle støvede smykker,' sagde Mikkel.

Mathias gav ham en albue i siden og smilede til Katrine, mens han sagde: 'Det bliver da skønt, drenge, at se lidt øøhh danmarkshistorie.' Katrine kunne ikke lade være med at grine, for hun kunne godt se, at alle tre drenge kæmpede med sig selv for at stille hende tilfreds.

Museet var egentlig ret lille. Det bestod af to store lokaler med meget højt til loftet og store vinduer, hvor solen skinnede ind igennem. Langs siderne og i midten stod store glasmontre, som glimtede og skinnede af smukke smykker. De gik rundt og kiggede i montrene, og drengene kunne ikke lade være med at blive en smule imponeret over smykkerne. 'Se den der flotte, kæmpe guldhalskæde,' sagde Mikkel og pegede ned i en af montrene.

Pludselig kunne de høre raske skridt bag sig, og en dyb stemme gjaldede meget højt ud i lokalet: 'Vær venlig ikke at berøre montrene, unge mand.' De for sammen over den pludselige råben.

De vendte sig om og så en tudsegammel, krumbøjet museumskustode stå foran dem. Han så alt andet en kundevenlig eller børnevenlig ud.

Han var ikke ret høj, eller også var det, fordi han var så krumbøjet, at han virkede lille. Han var iført et meget gammelt jakkesæt, og en kasket, som lidt mindede om en politikasket, sad på de sparsomme, fedtede, grå lokker. Næsen var krum, og de små stikkende øjne skelede lidt.

Mikkel skreg og klamrede sig til sin storebror. 'Mathias, det ligner vindueskiggeren fra Hvidovre,' jamrede han. 'Hold nu op, dit lille fjols,' hviskede Mathias ud af mundvigen, mens han forsøgte at se meget cool ud, selvom han også syntes, at kustoden så ret skræmmende ud.

Kustoden kiggede op og ned ad dem og fnøs. 'Det er strengt forbudt at sætte fedtede fingre på

14

montrene.' Michael stirrede facineret på kustodens næse, hvor en bussemand fræsede ud og ind af næsen på ham, imens han snakkede, nærmest som en havelåge, der står og klaprer i vinden. 'Sådan nogle møgunger, som om vi ikke har problemer nok her på museet. Ti store guldhalskæder og diverse drikkebægre med ædelstene på, stjålet inden for bare en måned.' Kustoden råbte højere og højere og blev mere og mere rød i hovedet, han var ved at gå helt i selvsving. 'Der er snart en hel montre, der er tom, og politiet har man rendende hele tiden og så igen, men finder de ud af noget, nej, de har ikke fundet ud af noget som helst, de dovne hunde, det ender såmænd nok med, at vi snart må lukke, og så kommer sådan nogle lømler som jer og sviner det hele til med jeres fedtede fingre, så det er umuligt for de få kunder, vi efterhånden har, at se gennem montrene. Kan I så komme ud med jer i en fart,' skreg kustoden nu.

Michael stod som forstenet og stirrede på bussemanden. 'Rolig nu,' sagde Katrine, 'vi har betalt for at komme ind.' 'Ja, og nu kan I komme ud igen,' skreg den ekstremt ophidsede kustode. 'Lad os skride,' sagde Mathias nu til de andre. 'Michael, Michael er du der' sagde han og puffede til Michael. Michael var faldet helt i staver over bussemanden, og han fik sådan et chok, da Mathias puffede til ham, at han tabte sin mobiltelefon, som han havde stået med i hånden. 'Ja, lad os det.' sagde han og samlede telefonen op.

De løb alle sammen ud i solskinnet, grinende og alligevel lidt chokerede over den sindssyge kustode. Mathias havde krydret besøget ved at vende sig om og råbe 'jyske bonderøv' til kustoden, hvilket absolut ikke havde afhjulpet kustodens ansigtskulør, som var gået over i en meget flot, lilla nuance.

Katrine kunne ikke lade være med at surmule lidt, hun hadede at blive uretfærdigt behandlet, og det følte hun, de alle var blevet i denne situation, men de andre bad hende bare slappe af. 'Det er da værst for ham selv,' sagde Mikkel, 'mor skulle bare se ham, hun plejer at sige, jeg er hysterisk'. De andre grinede, og feriehumøret var tilbage, mens de slentrede ned ad fortovet, mod det supermarked, hvor de havde aftalt at mødes med deres forældre, og snakken gik lystigt om måder at hævne sig på den tossede gamle mand.

3. kapitel

Strandturen og bunkeren

Efter den noget ophidsende tur til byen trængte superbørnene til en rigtig hyggeeftermiddag. Det var ikke lykkedes dem at lokke deres forældre med på stranden. Deres forældre ville som altid hellere spille kort. De havde en tradition for altid at spille kort hele ferien, og de hyggede sig meget med det, de spillede om penge, og de sparede overskuddet sammen, og det var så meningen, de skulle på en weekendtur til Legoland for pengene. Ofte udviklede spillet sig til det helt store show, som ungerne elskede at kigge på.

Mathias og Mikkels far tabte altid, og han var simpelthen verdensmester i dårlige undskyldninger, det var både jordens hældning, stolene der var dårlige at sidde på, samt den høje fuglekvidren, som var skyld i, at han tabte, da det åbenbart havde en uheldig indvirkning på hans koncentration. Børnene fik nogle gange lidt ondt af ham, men de fleste gange kunne de ikke lade være med at grine ad ham.

Men denne gang ville superbørnene hellere til stranden og slappe af. Heldigvis var der ikke længere fra sommerhuset, end at de selv kunne gå. De pakkede en kurv med lidt æbler, chokoladekiks og kolde sodavand samt et par poser med håndklæder og badetøj, og så drog de afsted.

Da de kom derned, fandt de en dejlig plet og bredte deres håndklæder ud og lagde sig.

'Skal vi ikke starte med at få lidt at spise,' spurgte Michael. 'Jo, lad os det, din ædedolk,' grinede Katrine, 'du er jo altid sulten, du skal næsten have madpakke med, bare du er ude og gå med aviser.'

De guffede kiks i sig og drak sodavand, mens de kiggede ud over vandet. 'Det er nu lidt en skam, det ham den sindssyge kustode fortalte,' sagde Mathias, 'det med de der smykker, der er blevet stjålet. Hvis det bliver ved, ender det jo med, at museet må lukke, og alle de danske, historiske skatte er væk for altid.' Mathias så tænksom ud. 'Nå, jeg troede ikke, du var så historisk interesseret,' grinede Katrine, 'er du sikker på, det ikke bare er din kærlighed til eventyr, der stikker næsen frem?' Mathias trak på skulderen. 'Det kan da godt være,' sagde han.

De sad i stilhed lidt, da en mobiltelefons ringen lød. Det var Michaels telefon, han fumlede i lommen efter den, men den var holdt op med at ringe, inden han fik fat i den. 'Nå, det var bare mors mobil, der ringede, kan jeg se, hun ringer nok igen,' sagde han. 'Hun ville nok bare sige, at vi skal passe på ikke at gå for langt ud og passe på, at der ikke er en haj, der kommer og æder os, og alle de der mor-ting, hun altid siger.' Michael kiggede på telefonen. 'Adrr, hvad er det for noget klistret, rødt sand, min telefon er fuld af?' Katrine tog telefonen og kiggede på den 'Det må være noget, der er kommet på den, da du tabte den på gulvet i museet.' Hun rynkede øjenbrynene. 'Men jeg må da indrømme, at jeg aldrig har set noget sand, der var så rødt, det var da sjovt,' Hun rakte telefonen tilbage til Michael. 'Ja, sjovt var nu ikke lige min første tanke,' surmulede han. 'Så nu er det nok snakkeri.' sagde Mikkel. 'sidste mand i vandet er en FCK-fan.'

Ungerne spurtede ud i vandet på en gang, det kunne ikke afgøres uden målfoto, hvem der kom sidst i vandet, men de diskuterede det højlydt og grinende. Efter en lang og anstrengende badetur lagde de sig alle op på stranden igen for at tørre sig i solen.

'Hvad er det mon for en kasse der står derhenne?' spurgte Mathias undrende. 'Det er da en bunker,' sagde Katrine, 'en af de bunkere, tyskerne brugte under krigen. Der er mange af dem, man stadig kan gå ind i.' Mathias så begejstret ud. 'Skal vi ikke det, altså lige gå ned og kigge på bunkeren?' De var alle med på ideen og pakkede deres tæpper og ting sammen og bar det med i poserne.

Åbningen til bunkeren var meget smal, der var en del, der var faldet sammen med tiden, og det hele så lidt farligt ud.

'Vi skal da lige se, om vi kan komme ind og kigge, skal vi ikke?' sagde Michael. 'Du er da ikke rigtig klog,' sagde Katrine, 'det ser jo totalt faldefærdigt ud, det skvatter nok sammen om ørene på os.'

Mikkel stod oppe i nærheden af indgangen og råbte ned til dem. 'Der har altså været andre, der har turdet gå ind, for der er masser af fodspor foran indgangen, så tør vi da også, gør vi ikke?'

De gik hen til bunkeren og fik sneget sig ind ad den lille indgang. Indeni skulle man bare lige gennem en lille gang på en-to meter, så stod man i et stort rum, hvis man da kan kalde det et rum.

Gulvet var bare sand, og væggene og loftet var den rå, slidte beton, hvor der var slået store flager af hist og pist. 'Gud, hvor er her uhyggeligt og mørkt,' sagde Katrine og skuttede sig lidt.

'Se her,' råbte Mikkel ovre fra det ene hjørne, 'jeg har fundet en lille guldperle, gad vide, om den er ægte'.

De andre tre skyndte sig hen til ham. Perlen lignede ægte guld, men man kunne ikk være sikker. 'Wow,' sagde Mathias, 'hvis det er ægte guld, kan det være vi kan få penge nok til et par playstationspil ved at sælge den.' Han så drømmende ud og var i tankerne allerede i gang med at shoppe spil.

'Må jeg lige se den perle,' sagde Michael, han vendte og drejede den, 'jeg syntes, det ligner en af de perler, der var billede af på en af montrene på museet, det var et af de smykker, der ikke var i montren mere.' Han kiggede rundt på de andre. 'Kan I ikke huske det billede, der hang på den næsten tomme montre, af en stor guldhalskæde med små perler hængende fra?' 'Du siger noget,' sagde Katrine, 'det ligner den meget, men det kan vel også være alt mulig andet.' 'Mathias grinede.

'Ja, f.eks. en guldsprayet plasticperle fra et stykke McDonalds legetøj.'

Michael vejede perlen i hånden. 'Den føles altså tungere end plastic, og se, der er noget rødt sand på den,' sagde han og bukkede sig ned og tog noget sand i hånden. 'Se,' sagde han, 'det er det samme røde sand, som det der var klistret på min telefon.'

'Det var da mærkeligt,' sagde Katrine og rynkede øjenbrynene, 'sandet herinde i bunkeren er åbenbart helt anderledes end det oppe på stranden, for der var sandet da helt normalt.' Hun kløede sig under hagen. 'Kan vi ikke tage perlen med hjem i lommen, så jeg lige kan kigge på det?' spurgte hun, 'jeg ved ikke, om min eventyrsans er ved at være lidt for overdreven, men jeg kunne godt tænke mig at sammenligne perlen her med den på billedet.'

Mathias udstødte et dybt og meget højt suk, og de andre for sammen og stirrede på ham. 'Er I klar over, hvad det betyder,' nærmest hviskede han, 'vi bliver nødt til at møde den sindssyge kustode igen'.

4. kapitel

Tilbage i sommerhuset. Hvad nu?

Efter en dejlig, lang svømmetur i sommerhusets swimmingpool, lå ungerne nu på deres værelse alle sammen. De sov på et stort værelse, hvor der var to køjesenge. I den ene sov Katrine øverst og Mikkel nederst. Han havde nemlig nogle gange forskrækket dem alle sammen ved at gå rundt i sommerhuset om natten i søvne og foretage sig mærkelige ting, og de brød sig trods alt ikke om tanken, at han skulle skvatte helt ned fra den øverste køje, når han skulle ud og rende om natten. I den anden køjeseng sov Mathias øverst og Michael nederst.

'Åh, jeg tror, min mave eksploderer, hvis jeg spiser en bid mere,' jamrede Michael. De var efter pool-turen blevet forkælet med hjemmelavede burgere og cola, og nu lå de i deres senge og spiste slik. De havde en tradition for, at Mikkel og Mathias far blandede lidt slik til dem hver om aftenen, og så fik de det udleveret i et kaffefilter med navn på. Det var lidt et levn fra, da de var små og enten kom op og slås om slikket eller fik det rodet sammen, så man ikke anede, hvis der var hvis, men selvom de var blevet store, syntes de stadigvæk, det var en hyggelig tradition.

'Du spiste altså også ligeså meget som en mellemstor babyelefant,' grinede Mikkel.

'Hvis I et øjeblik kan tænke på andet end at fylde jeres maver, så prøv at kigge her,' sagde Katrine. Hun lå på gulvet med en bog. 'I denne bog er der en oversigt over alle de smykker, guldbægre og andet, som er udstillet på Lilleby museum,' sagde hun og kiggede rundt på de tre drenge, som havde lagt sig ned på gulvet omkring bogen.

'Se så her, den store guldhalskæde der til højre på siden har en kæmpe guldperle i vedhænget.' Katrine pegede på siden i bogen. 'Den har nøjagtig de samme mål som perlen, vi fandt i bunkeren.' Hun kiggede på drengene. 'Det er altså ikke bevis nok,' sagde Michael. 'Der findes garanteret masser af guldperler i hele verden, både ægte og falske, hvor målene passer med den perle vi fandt.' 'Kære broder,' sagde Katrine triumferende, 'du tror vel ikke for alvor, at det er mit eneste bevis? Der står her i bogen, at den perle i vedhænget kan åbnes, og indeni gemmer sig en lillebitte, rød rubin, og se så her.' Hun holdt hænderne frem foran sig med guldperlen i, og ganske langsomt fik hun perlen til at afgive et lille klik, og perlen åbnedes, og en lille rød rubin kom til syne. 'Wow for en fesen skid,' udbrød Mathias og så fuldstændig lamslået ud, 'er du sindssyg, den er flot, så er det sgu da den perle fra bogen.' De kiggede alle sammen skiftevis rundt på hinanden og på perlen.

Efter flere minutters stilhed, hvor de åbenbart lige skulle sunde sig, begyndte snakken at gå om, hvordan næste dags besøg på museet skulle forløbe. De var ret sikre på, at de ville få lov af deres forældre til at tage ind til Lilleby museet igen. Deres mødre ville blive begejstrede for tanken om, at deres børn interesserede sig for noget andet end bare at spille fodbold hele tiden.

Planen var, at de skulle ind og se på montren, hvor halskæden med den store guldperle skulle ligge, for at finde ud af, om den var blandt de forsvundne smykker. Var den det, ville de lægge en plan senere på dagen for, om de skulle tage ned og overvåge bunkeren igen.

Spændte gik de ud og børstede tænder og gik i seng. Da de lå i deres senge, snakkede de igen lidt om hvad der skulle ske næste dag, og Michael underholdt dem med, at han kunne lave prutter under armene, i hænderne og med hånden mod øret.

5. kapitel

Museumsbesøg igen

Nå, unger,' sagde Michael og Katrines mor, 'hvordan kan det være, I pludselig er så interesseret i at se det museum igen, er der nogle flotte unge mænd og damer derinde, I vil kigge på?' 'Mor, du er altså pinlig,' hvæsede Katrine ud mellem tænderne.

De sad alle samlet omkring morgenbordet i sommerhuset. Vejret viste sig igen fra den gode side, og solen varmede allerede en del, selvom klokken kun var ti om formiddagen.

Udsigten fra morgenbordet i sommerhuset var fantastisk, der var et stort glasparti i sommerhusets stue, som gjorde, at man kunne sidde og kigge ud over markerne og bakkerne, og ude i horisonten kunne man se havet og den lille prik, som var bunkeren fra i går. Mikkel og Mathias' far sad og kiggede drømmende ud af vinduet, mens han mumlede noget om, at det efterhånden var ved at være ganske usandsynligt, at han skulle tabe i kortspil igen. 'I så fald ville det være fjerde spil i træk, det er mig, der taber, det burde jo stort set ikke kunne lade sig gøre,' sagde han, 'men jeg tror altså også, vi skal få ungerne til at købe nogle nye kort til os inde i Lilleby. Dem, vi spillede med i går, var altså ved at være meget slidte, jeg tror, det var det, der fik mig til at miste koncentrationen,' fortsatte han.

Børnene kiggede på hinanden, hvorefter de brød sammen af grin hen over bordet. 'Far, dine undskyldninger, når du taber, er altså fantastiske,' hikkede Mathias, medens han tog sig til maven. 'Hvad mener du med undskyldninger,' sagde hans far fornærmet, 'man kan da ikke spille et ordentligt spil, hvis ikke udstyret er i orden.'

De smågrinede stadig alle sammen, medens de ryddede af bordet efter morgenmaden. Det havde lige løftet stemningen hos dem. Bagefter pakkede de sammen til deres bytur, en lille rygsæk med Katrines bog om smykkerne, papir og kuglepen, penge til en is og et tæppe til at sidde på, så kunne de tage sig et lille hyggemøde i grøftekanten eller ved stranden på vejen hjem.

Snart var de alle på vej til byen på de lejede cykler, der fulgte med sommerhuset, og i løbet af en halv time var de fremme i Lilleby.

De købte billetter ved indgangen til museet og gik med bævende skridt indenfor, skræmte ved tanken om at skulle stå ansigt til ansigt med den forfærdelige kustode igen. Inde på museet var der dog fred og ro. De gik strakt over mod den montre, hvor Katrine kunne huske, der havde været et billede af halskæden, som de havde fundet en perle fra i bunkeren, og som de senere havde fundet ud af svarede til billedet i bogen.

De slog op i bogen og kiggede på det billede, der var ved siden af montren, hvor smykket blev beskrevet.

'Det er sgu det,' sagde Michael lavmælt, 'det var godt nok som pokker, det kan da kun være det, kan det ikke, med den store guldperle med rubinen i, og se,' sagde han, medens han bukkede sig ned. 'Her ligger mere af det røde sand, der var på min telefon, og som vi også fandt i bunkeren.'

De blev afbrudt af en forfærdelig, skinger pigestemme, der råbte 'halløj halløj, dejligt at se andre børn, er der noget, jeg kan hjælpe med?'

De vendte sig alle sammen om og så den grimmeste og mest kiksede pige, de nogensinde havde set. Hun havde meget store, skelende øjne, der

gemte sig bag ved nogle enorme briller med me-
get tykke brilleglas og tape på stængerne. Hun
havde to kæmpe fortænder, hvor af den ene
manglede et stykke. Hendes orange hår var sat
op i to rottehaler med to grønne elastikker, som
fik hende til at ligne noget, der havde været tabt
i en stor malerbøtte. Hun bar en rød og mørke-
grøn, ternet nederdel og hvide knæstrømper og
en lyserød strikket cardigan. Hun lignede noget,
der var trådt ud af 1960'erne. Da hun kom nær-
mere, kunne de se, at hun bar et navneskilt på
trøjen, hvorpå der stod SIGRID.

'Hej, hvem er du,' sagde Mikkel, 'hvor er ham
den klamme mand med bussemanden fra i går?'
Mathias gav sin lillebror en albue i siden, så Mik-
kel ømmede sig. 'Sådan siger man ikke, Mikkel,'
sagde han.

'Hvad mener I med klamme mand, er det min
onkel, I mener?' sagde den grimme pige meget
chokeret. 'Hvem er din onkel da,' spurgte Mik-
kel. 'Ja, det er ham, der er kustode og passer
på alting her på stedet,' sagde den grimme pige,
tydeligvis meget stolt.

'Nej nej, det er da ikke ham, vi mener,' grinede
Katrine, medens hendes hjerne arbejdede på høj-
tryk for at finde på en undskyldning. 'Det var

en gæst, der var her i går, som var gammel og klam.' Hun skævede til de andre, som næsten ikke kunne holde masken, 'men hvor er din søde onkel egentlig henne,' fortsatte hun.

Den stolte niece Sigrid smilede og rettede sig op for ligesom at få mere vigtighed bag sine ord. 'Ja, den stakkels mand er såmænd blevet indlagt på sygehuset i nat.' Hun kiggede rundt på dem i tavshed for at øge dramatikken. 'Han fik et akut galdestensanfald og skulle opereres øjeblikkeligt. Ja, hvis der er nogen, der måtte have for meget galde, så er det da vist ham,' mumlede Michael til stor morskab for Mikkel, som endnu ikke var kommet sig helt af chokket over at opdage, at den skrækkelige kustode havde famlie.

'Gud, hvor forfærdeligt,' sagde Katrine, 'er det så dig, vi skal tale med om vores skoleopgave?'

De andre kiggede undrende på hende. 'Ja, vi talte med din onkel i går, han er en meget venlig mand, meget venlig over for børn.' Katrine smilede indsmigrende til Sigrid. 'Han gav os lov til at bruge museet lidt til vores skoleopgave. Vi skriver om danske vikingeskatte, det eneste, vi får brug for, er at kigge os lidt omkring, ja, og så selvfølgelig få lov til at få åbnet en af montrene.' Katrine smilede uskyldigt. Sigrid udstødte et gisp. 'Åbne montrene, det tror jeg ikke på, min onkel har givet jer lov til, han er meget øm over de montre.' Hun kiggede rundt på de andre børn, og hendes blik stoppede ved Mathias, hun begyndte at småfnise og nulrede lidt ved sin ene rottehale. 'Men måske kunne det arrangeres, uanset om onkel har givet lov til det eller ej, hvis I lover at passe på, og på en betingelse.' Hun blinkede til Mathias, som så ud til at føle sig rimelig utilpas til mode. 'Og hvilken betingelse er det?' spurgte Mathias. 'At du går en tur med mig i biffen og ud og spise på burgerbar,' sagde Sigrid indsmigrende, medens hun lod sin hånd glide ned over sin kind i et forsøg på at se enormt lækker ud.

Michael og Mikkel spruttede af grin nu, de hostede og kvabsede og forsøgte at lade som om, at det var alt støvet, de var kommet til at hoste af.

Mathias så fuldstændig lamslået ud, men Katrine skyndte sig at sige. 'Selvfølgelig, Sigrid, der er da ikke noget, han hellere ville, sådan en københavnersnude har også godt af at komme på en date med en vestjysk pige med ben i næsen.'

6. kapitel

Planlægning af overvågning og Mathias i chok

Rolig nu, Mathias, træk vejret.' Mathias lå på det medbragte tæppe i grøften i udkanten af byen, medens Michael, Mikkel og Katrine stod bekymrede omkring ham og forsøgte at få hans ansigtskulør til at blive bare lidt normal.

'Det … det passer bare ikke,' hulkede han, 'det er mit værste mareridt, der går i opfyldelse, tænk hvis drengene derhjemme kunne se mig være på date med sådan en en en …' Han manglede ord. 'Ja, ja, sådan en sød jysk pige,' sagde Katrine for at hjælpe ham færdig med sætningen, 'hun er da sikkert meget sød, og du må tænke på, at du gør det i en god sags tjeneste, vi får næsten frit lejde på museet, så længe den gamle kustode er på sygehuset'.

Mathias satte sig op og støttede med albuerne i græsset. 'I har ret, jeg må tænke på den gode sag,' sagde han og forsøgte at se tapper ud. 'Ja, op med humøret,' sagde Michael, 'det er jo kun en enkelt aften.'

De sad lidt sammen i stilhed og kiggede ud over markerne. Himlen var blå, og solen skinnede, og de gule rapsblomster på markerne vajede i den stille brise. Det var bare et supergodt sommerferievejr, men lige nu glemte de helt at nyde det.

'Hvilke planer er der egentlig for museet,' spurgte Michael og kiggede på sin søster. 'Du nævnte noget om en skoleopgave her midt i ferien.' Han så en smule forarget ud.

'Det sker da tit, man har en lille opgave i ferien,' sagde Katrine. 'Kan du ikke huske sidste år, hvor vi skulle sende postkort hjem til klassen og skrive dagbog i ferien. Jeg havde forestillet mig, at vi lader som om, at den her opgave om vikingeskatte er noget vi alle fire har fået som ferieopgave, og så tænkte jeg, om ikke vores tekniske geni,' hun holdt en pause og smilede til Mathias, 'om ikke vores tekniske geni kunne skille vores fars GPS ad og derved skaffe os en af de små sporingsenheder, der er i GPS'er. Så kunne vi sætte den fast på et af de store smykker i en af montrene, og hvis så netop det smykke bliver stjålet, vil vi kunne spore det ved hjælp af selve GPS-skærmen.' Katrine stoppede sin talestrøm og kiggede rundt på de andre. 'Katrine, du er sgu et jysk geni,' sagde Mikkel på sin sædvanlige bramfri måde.

De blev helt opslugte af den store plan og sad længe der i solen på tæppet og lagde planer og grinede. Da de efter et par timer tog sig sammen til at cykle hjem, var humøret højt, også hos Mathias, som jo skulle på date med den dejlige Sigrid.

Børnene blev enige om, at hele planen skulle føres ud i livet den efterfølgende aften. Det gav dem hele denne aften til at få planlagt detaljerne og få ringet til Sigrid på det mobilnummer, de havde fået af hende.

Da de trådte ind i sommerhuset, lugtede det dejligt af grillmad. De kunne høre deres fædre hyggesnakke ude på terassen. Det var sikkert dem, der stod for at passe grillen. Inde i stuen sad Michael og Katrines mor på en stol med en badehætte over hovedet, medens Mikkel og Mathias' mor stod bag ved hende med noget, der lignede en hæklenål og hev store totter hår ud gennem badehætten.

Michael og Katrines mor hylede og skreg, og Mikkel og Mathias' mor grinede og kaldte hende en pivskid.

'Hvad i alverden laver I?' sagde Katrine målløs. Mikkel og Mathias mor grinede og forklarede, at hun var ved at farve lyse totter i Katrine og Michaels mors hår, og det var tilsyneladende ikke en helt smertefri proces.

De gik alle fire ud i den store have for at spille lidt fodbold og samle tankerne om de kommende opgaver. Der var en del forhindringer at overkomme, bl.a. skulle Mathias jo på date med Sigrid, de skulle ind på museet efter lukketid og se om de kunne udvælge et smykke, der var sandsynlighed for ville blive stjålet, og de skulle have Mathias til at ombygge en GPS til dem.

Pludselig hørte de en høj banden og jamren fra haven ved siden af, hvor Michael ved et uheld var kommet til at skyde bolden over, og inden de nåede at finde ud af, om de ville flygte eller hente bolden, stod 'den sure græker' foran dem.

Han havde fået tilnavnet allerede den første aften, da Katrine og Michaels mor havde forsøgt at gå over til ham i nabohuset for at låne lidt grillkul. Hun var kommet tomhændet og meget ophidset tilbage, og de eneste ord, der var til at forstå mellem hendes eder, var, at naboen var en sur græker.

Grækeren skældte og smældte på græsk, og ind-imellem kom der enkelte forståelige sætninger såsom 'hvem der skyde', 'hvem der skyde'.

Ungerne kiggede på hinanden, og uden at sige noget og som med en hånd pegede de allesam-men op på deres fædre, som stod på terassen ved grillen og forsøgte at få det til at se ud som en større videnskab at grille pølser. Hvad pokker, Mathias' og Mikkels far havde alligevel været så uheldig i kortspil igen, så hans dag kunne vel ikke blive meget værrere.

De smuttede fnisende ind i swimmingpoolen til lyden af mange græske bandeord og to meget for-virrede fædre, der ikke fattede hvad der skete.

7. kapitel

Så går det løs

Stop nu bare med at putte mere gele i håret, du bliver ikke mere lækker,' sagde Michael med et grin til Mathias, som stod på badeværelset og lavede om på sin frisure for 117. gang. Han var ved at gøre sig klar til daten med Sigrid.

Han var bleg som et lagen, og han rystede på hænderne. 'Jeg er bare så pisse nervøs,' sagde han, 'hvad nu hvis hun bliver helt vild med mig og vil kysse og alt muligt, hvad nu hvis hun forfølger mig og sender breve og billeder til mig, når jeg er kommet hjem? Så ser alle gutterne det, og mit rygte er total spoleret,' Han tog nervøst endnu en klat gele og puttede i håret, som efterhånden var så stift, at de kunne vende ham på hovedet og bruge ham til at feje fliserne med.

Mathias sukkede. 'Jeg fatter ikke, jeg lod mig overtale til det her.'
'Ja ja,' sagde Michael overbærende, 'nu er du jo ikke den eneste, der har måtte ofre sig lidt i den

gode sags tjeneste.' Det, Michael tænkte på, var alle formiddagens forberedelser, hvor Mathias med hjælp fra Katrine havde pillet GPS'en ud af den ene af bilerne og derefter pillet den lille chip ud, som var sensoren. Det var denne chip, de skulle bruge til aftenens plan, men for at kunne komme til at pille ved GPS'en i bilen uset, havde Mikkel og Michael været nødt til at aflede deres forældres opmærksomhed. Mikkel, som var den yngste, skulle aflede mødrene, og det havde han gjort ved at tage billedelotteriet frem og spørge dem, om ikke de ville spille. 'De elsker at tro, jeg er et lille barn endnu,' sagde Mikkel, 'men det værste er, at de kysser og kysser på mig, mens vi spiller.'

Michael havde så fået til opgave at distrahere fædrene, og det gjorde han meget smart ved at sætte sig ud til dem i haven og spørge, om ikke de kunne fortælle lidt om dengang, de var soldater sammen.

Normalt var det noget alle fire unger hadede at høre om, men Michael vidste, at det kunne de tale om i timevis, og det blev da også til 2 ½ time, hvor Michael var nødt til at sidde og lade, som om han var vildt interesseret i det, de fortalte. 'Jeg fik endda den historie fra far om grundlovsdag 1985, hvor han og jeres far havde gået 30 km march, og Danmark vandt 4-2 over Rusland i parken i fodbold, og der var ølstrejke, så de måtte drikke vand,' sagde Michael til Mathias for at få lidt medlidenhed. 'Ok, du har ret, vi har alle måtte ofre os, det er lige før, jeg hellere vil med Sigrid på date, end jeg vil høre på de gamles soldaterhistorier,' sagde Mathias.

Langt om længe var Mathias færdig, og de vendte cyklerne mod Lilleby. De havde fået overbevist deres forældre om, at det ville være en god ide, hvis de alle fire tog en tur i biffen. De havde fået penge til fire billetter og slik, og disse penge skulle nu i fællesskab betale for mad på den lokale burgerbar til Mathias og Sigrid og efterfølgende biograftur for parret. Imens skulle de andre tre på museum efter lukketid.

De ankom til burgerbaren et kvarter efter, at de var cyklet hjemmefra. Sigrid var allerede kommet og sad i en ternet kjole og lignede et sommerhusgardin. Da hun så dem, sprang hun op og løb hen og omfavnede Mathias, så han var ved at vælte af cyklen. 'Nå, endelig kommer du, jeg har tænkt meget på dig,' sagde Sigrid indsmigrende og kyssede ham på kinden. Hun lugtede lidt af makrelsalat ud af munden, og Mathias kiggede med bedende øjne på de andre som for at bede om hjælp.

Michael og Mikkel havde smidt deres cykler fra sig og rullede nu rundt i græsset ved siden af grillbaren og grinede, mens de forsøgte at lade, som om de fortalte vitser, men Mathias var udemærket klar over, hvad de grinte af.

De efterlod en desperat Mathias arm i arm med Sigrid uden for grillen og fortsatte mod museet. Sigrid havde afleveret nøglen til dem og koden til alarmen. Desuden havde hun oplyst dem om, at der også blev brugt et vagtselskab til at overvåge museet. Vagtselskabet patruljerede et par gange i løbet af aftenen og natten, men som oftest senere på aftenen end nu.

Katrine, Michael og Mikkel stillede deres cykler op ad muren bag ved museet og gik op mod personaleindgangen, som lå lidt inde i en baggård væk fra hovedindgangen, så de var lidt gemt væk fra vejen.

Katrine satte nøglen i og drejede, og det sagde klik. Hurtigt indtastede Michael den kode, som

Sigrid havde givet dem, så alarmen blev slået fra.

De listede ind alle tre. Det var lidt uhyggeligt at være på museet efter lukketid, alt var så mørkt og skræmmende. Selvom klokken ikke var så mange endnu, og det var en lys aften udenfor, var der dunkelt på museet, da der ikke var så mange vinduer, og da lyset ikke var tændt.

De gik ind i salen med de store smykker fra vikingetiden.

'Vi skal prøve at udvælge det smukkeste smykke, som endnu ikke er stjålet,' sagde Katrine, 'for så kan vi placere vores chip bag på det smykke og så bare krydse fingre for, at tyvene kommer tilbage efter mere. De gik i stilhed sammen i en god halv time, inden de blev enige om et smukt armbånd, som lå i den største montre i midten af lokalet. Armbåndet var af massivt guld og var dekoreret med smukke grønne, gule og røde ædelstene hele vejen rundt. De fik åbnet montren med den anden nøgle, de havde lånt af Sigrid, og det lykkedes dem ved hjælp af noget superlim at få chippen sat fast inden i armbåndet. Forsigtigt lagde de armbåndet tilbage og låste montren igen. Pludselig hørte de en lyd, det lød, som om bagdøren blev åbnet. 'Hvad var det,' sagde Mikkel stille med øjne, der var så store af forskrækkelse, at de var lige ved at trille ud af hovedet på ham.

De stod stille og lyttede lidt, der var ingen tvivl, nogen var ved at komme ind på museet gennem den ulåste bagdør.

'Kom hurtigt,' hviskede Katrine og fik de andre to slæbt med hen bag ved den store montre i midten, som de netop havde haft åbnet. De nåede det lige tidsnok til at se to store vagter træde ind i lokalet.

'Der kan du se, Brian, det var det, jeg sagde, der er ikke nogen herinde, det er bare den skøre tøs, der passer biksen her, der har glemt at låse ordentligt efter sig.' Den store vagt, som åbenbart hed Brian, kløede sig lidt i sit fuldskæg og sagde: 'Du har nok ret, Vagn, ved da heller ikke, hvad det er for en ide at sætte et barn til at passe et museum, det hører da ingen steder hjemme.' Vagn begyndte at gå lidt rundt i lokalet og kigge sig omkring. Han kom nærmere og nærmere den store montre i midten, og Michael og Katrine kæmpede med at holde Mikkel i ro, da han var ved at gå i panik og var sikker på, at nu ville de blive opdaget.

Endelig, to meter før montren, vendte Vagn sig om og sagde: 'Jamen, så lad os gå, Brian, vi har jo nok andre steder, vi skal tilse i aften.'

Ungerne sad helt stille og ventede på, at lyden af fodtrin fortog sig, og først flere minutter efter, at de havde hørt døren blive smækket og låst, turde de bevæge sig og tale sammen igen.

'Hold da kæft, jeg troede virkelig, jeg skulle dø af skræk,' sagde Mikkel, som var blevet helt hvid i hovedet. 'Er i klar over, hvor meget ham Vagn lignede vindueskiggeren fra Hvidovre, jeg var sikker på, det var ude med os.' 'Ja, det var tæt på,' sagde Katrine tydeligt rystet, 'men heldigvis gik det.'

De begyndte at gå mod bagdøren, mens de diskuterede, hvor uheldigt det havde været, at vagterne lige præcis denne aften havde valgt at komme tidligere, end de plejede, i hvert tilfælde ifølge Sigrids udsagn. De låste døren og slog alarmen til. Der var kun gået knap en time, fra de ankom, og de satte kursen mod grillen. Her ville de holde til og diskutere, hvad der nu skulle ske, medens de ventede på, at Mathias blev færdig i biografen med Sigrid.

De kunne jo ikke køre hjem til sommerhuset, da deres forældre troede, at det var dem alle fire, der var i biffen.

De satte sig ved et bord i hjørnet og bestilte en lille portion fritter og en lille cola til deling. De havde ikke så mange penge, da Mathias jo havde fået dem til at bruge på ham og Sigrid i biografen.

'Nu er det bare et spørgsmål om at vente,' sagde Michael. 'Ja,' sagde Katrine, 'nu må vi vente og se, om armbåndet bliver stjålet også, og hvis det gør det, vil vi kunne følge det på GPS-skærmen derhjemme. Måske bliver vi nødt til at lave en vagtordning i nat, så vi hele tiden kan se, hvis der sker noget, ellers skal vi se, om vi kan få Mathias til at indstille den, så den bipper, når der sker noget'.

Snakken og planerne bølgede frem og tilbage, og de tre hyggede sig og snakkede og grinte, indtil der pludselig var gået et par timer, og Mathias stod ved siden af bordet og spurgte med en meget spæd stemme, om de ikke godt kunne tage hjem nu. Han lignede en, der havde været udsat for noget meget hårdt, så de andre gik med til det, og de cyklede alle fire hjem.

8. kapitel

Overvågningen starter

De lå og slappede af i deres senge efter en god aftendukkert i poolen.

Katrine, Michael og Mikkel fortalte Mathias om, hvad de havde oplevet i løbet af aftenen. 'Gud, var I ikke bange, da vagterne var så tæt på jer,' spurgte han omsorgsfuldt. 'Jo, det skal jeg lige love for storebror,' sagde Mikkel, hvis øjne igen var blevet kæmpestore ved tanken om, hvor tæt de havde været på at blive fanget af vagterne.

'Fortæl os nu om din aften med Sigrid,' sagde Michael og kiggede interesseret på Mathias. De havde alle tre været meget spændte på at høre, hvad der var sket. Mathias kunne fortælle om en aften fra helvede, som han kaldte det.

De havde startet med at sætte sig til at spise i grillen. Sigrid havde bestilt stort set alt fra menukortet og havde proppet i sig, alt imens hun snakkede og smilede til Mathias, så han hele tiden kunne følge med i, hvor meget maden var blevet tygget inde i munden. Sigrid havde haft burgerdressing siddende i mundvigene og en lille rest kød fra en burger mellem fortænderne, og dette havde gjort. at Mathias ikke selv havde kunnet spise noget som helst, så han havde bare siddet og nippet til en cola. Da Sigrid var færdig med at spise, havde hun siddet og lavet kysse-mund til ham hele tiden, medens hun forsøgte at få sine ben flettet sammen med hans ben under bordet.

Turen i biografen havde ikke været meget bedre. Det var en romantisk komedie, Sigrid havde valgt, og allerede efter et kvarter havde hun sneget sin hånd ind i hans. Hånden var kold og svedig og lugtede meget af løg og bur-gerdressing, men Mathias havde standhaftigt holdt ud i den gode sags tjeneste, lige indtil hun havde lagt sit hoved på hans skulder og forsøgt at få sin mund helt op til hans og kysse ham. Der havde hans eneste redning været at lade, som om han havde fået et anfald af akut dårlig mave og spurte på toilettet.

På toillettet var han blevet så længe ,det over-hovedet kunne lade sig gøre. Han havde siddet og skrevet sms'er til sine venner hjemme, og så havde han vasket den dressing- og løgstinkende hånd mange mange gange. Da han kom tilbage, var filmen næsten slut, og han forsøgte at se meget lidende ud den sidste halve time, så der havde Sigrid ladet ham være i fred.

Efter filmen havde han sagt, at han var så dårlig, at han blev nødt til at tage hjem, men at han havde haft en dejlig aften, og det så ud til, at det var nok for Sigrid at høre, for hun havde strålet som en sol og havde sagt, at hun nok skulle lade høre fra sig, inden ferien var slut, og Mathias skulle hjem til Sjælland.

'Jeg har bare totalt dårlig samvittighed, for det er da synd for hende, hvis hun er blevet vild med mig, når jeg nu ikke er vild med hende,' sagde Mathias og sukkede. 'Ja, det en hård skæbne at være så uimodståelig,' sagde Katrine, og Michael og Mikkel grinte, 'men hvis vi lige kan glemme dine kærestesorger lidt, så har vi faktisk en overvågning, der skal planlægges.'

Mikkel var i kraft af at være den yngste blevet valgt til at have første vagt ved GPS'en. Det var ret svært at holde sig vågen, og det var rimelig træls at sidde og være træt, når man kunne høre de andre ligge og snorke i deres senge. Mathias klynkede lidt i søvne og lå meget uroligt, og Mikkel grinede indvendigt ved tanken om, at det måtte være Sigrids omfavnelser, der gav ham mareridt.

Mikkel kiggede opgivende på GPS'en, og så skete det. Pludselig begyndte den lille røde prik på skærmen at bevæge sig. Skærmen viste et kort over området, og den lille røde prik havde stået stille ved museet, siden de fik tændt GPS'en, da de kom hjem, men nu flyttede den sig.

Prikken bevægede sig langsomt ud af hovedvejen og drejede fra mod sommerhusområdet og stranden. Mikkel skyndte sig hen til sengene og forsøgte at vække de andre så lydløst som muligt. De skulle jo nødig også få vækket deres forældre.

Katrine og Michael satte sig straks op i sengen og så meget spændte ud. Mathias gav et lille skrig fra sig, da de forsøgte at vække ham. 'Nej, ikke mere …,' klynkede han, inden han kom helt til sig selv og kiggede rundt i lokalet. 'Ja, hun er her desværre ikke, dit livs kærlighed,' kunne Mikkel ikke modstå fristelsen til at sige drillende til sin bror.

De samlede sig allesammen ved siden af hinanden i nederste køje og fulgte prikken med øjnene. Prikken var nu forbi sommerhusområdet og var helt nede på stranden. Pludselig standsede den og blev stående helt stille. De kiggede på den i, hvad der for dem føltes som lang tid, indtil de var helt sikre på, at den var stoppet. 'Det ser ud, som om det er parkeringspladsen nede ved stranden, tæt på bunkeren,' sagde Mathias lavmælt. 'Hvis tyvene gemmer smykkerne i bunkeren, inden de transporterer dem væk, kunne de jo også forklare det røde sand på museet,' sagde Michael. 'Altså at de har haft det på deres sko og slæbt det med ind.'

De blev enige om, at deres eneste chance for at opklare tyverierne og finde ud af, hvad det var, der foregik, var at tage ned til stranden og bunkeren med det samme.

9. kapitel

Den store fangst

Det var mørkt udenfor, så mørkt som det nu bliver en sommernat i juli. Der var ikke en vind, der rørte sig, og der var meget, meget stille.Det eneste, man kunne høre, var lyden af deres skridt ned ad grusvejen, som førte mod stranden og bunkeren.

'Det er altså pænt uhyggeligt, det her,' hviskede Mikkel, medens han kiggede sig over skulderen. 'Ja, det er faktisk lidt skræmmende,' sagde Katrine og tog ham omkring skulderen og smilede til ham, 'men hvis vi vil finde ud af, hvad der foregår, er det her vist den eneste mulighed.' De gik videre i stilhed. Da de nærmede sig stranden, kunne de skimte noget lys forude, som formodentlig kom fra nogle billygter på p-pladsen længere fremme. De listede sig tæt på p-pladsen og stod gemt bag nogle buske, som omkransede området. De kunne se, at bilens chauffør stadig sad i bilen, og to andre mænd var på vej gennem mørket, nede fra stranden, op imod bilen.

'Du kan godt køre, Kurt,' sagde den ene af mændene til chaufføren, da han var kommet op til bilen. 'Vi har fået det med, vi skulle, og båden er på vej, den har signaleret til os med sine lygter.' Manden smækkede bildøren og hilste kort på chaufføren, da bilen kørte fra p-pladsen. De fire unger skyndte sig at kaste sig på knæ, så de var helt gemt for billygterne, og de nåede det, lige inden lyset fra den kørende bil blev kastet hen over buskene, hvor de stod. Da bilen var kørt, tændte de to mænd en lommelygte og begyndte at trave ned mod stranden igen. Michael gispede. 'Ham den anden mand, ham der ikke råbte til chaufføren, ham kender vi,' sagde han og trak vejret tungt. De andre kiggede undrende på ham. 'Gør vi,' sagde Mathias, 'hvem er det da?' Michael sagde: 'Kan I ikke se det? Måden, han går på og hans lidt krumbøjede skikkelse, det ligner på en prik 'den sure græker'.

De andre gav ham ret, og de snakkede lidt lavmælt om, at de hele tiden havde vidst, at der var noget skummelt over den sure græker.

Da de to mænd var langt foran, begyndte ungerne at snige sig ganske langsomt frem langs kanten af klitterne, så de hele tiden kunne overskue hele stranden og mændene, men stadig være lidt gemt bag de buske, der var.

Ganske som de havde gættet på, gik mændene ned til bunkeren og forsvandt ind i den.

'Hvad gør vi,' sagde Katrine, 'hvis vi ringer til politiet nu, og der ikke er nogle smykker i bunkeren, eller båden har hentet dem, bliver vi meget upopulære. Vi bliver nødt til at være sikre på, at der er smykker gemt dernede fra museet.'

De fire unger listede nærmere mod bunkeren. De kunne høre småsnakken derinde fra, og man kunne svagt skimte lommelygtens lys. Ude på havet kunne de se en stor båd, og de kunne høre, at der var en lille motorbåd på vej mod stranden. Det måtte være den båd, som skulle sejle tyvekosterne ud til den store båd, som så skulle sejle dem helt væk, måske til et andet land for at blive solgt eller smeltet om.

Den lille båd nærmede sig mere og mere, og de ville snart være inden for synsvidde. Ungerne skyndte sig om på venstre side af bunkeren og satte sig på knæ for at være mere usete. De kunne se, at båden sejlede ind mod højre side af bunkeren.

Da båden var lagt til på land, kom 'den sure græker' og den anden mand ud på stranden, og de to mænd fra båden gik op for at møde dem.

'Nå, så er det sidste læs,' sagde den ene af bådsmændene, 'så har vi godt nok også fået slæbt noget af sted i løbet af sommeren.' Han grinede og kiggede på 'den sure græker'. 'Hvad bliver der egentlig af alle de smykker?'

Grækeren gryntede surt, og det var tydeligvis ikke et spørgsmål, han var glad for at svare på. 'Alle schmykkene blive solgt i min brors butik i Grækenland,' sagde han vrissent, 'det duuummme, danschke politi finder aldrig schmykkene igen, og imens blive min bror og jeg meget meget rig, maange schmykkesamlere vil give mange penge for dem.' 'Ja, vi klager som heller ikke over lønnen,' sagde den snakkesalige bådsmand grinende og puffede sin makker i siden. 'Nå, vi må hellere komme ud med det sidste, så vi kan komme hjem til familien, inden de syntes, det er for længe ,vi er væk,' sagde bådsmanden og gik over til båden sammen med sin makker.

Så skete det, der ikke måtte ske. Mathias' mobil modtog en sms, hvilket ikke gik stille af. Mobilen lyste og blinkede, medens den spillede et heavy rock nummer, som Mathias elskede, men lige nu elskede han det ikke særlig meget. 'Hvad fanden, hvad var det?' sagde grækeren, og de to bådsmænd kom løbende tilbage. 'Hvad gør vi?' hviskede Mathias nervøst. Michael svarede: 'Vi må løbe, op mod klitterne og over mod p-pladsen, hvor vi har mulighed for at gemme os. Her er der jo ikke en skid at gemme sig ved på denne rådne strand, kun denne her dumme bunker. Er I klar, 1, 2, 3 ...'

Alle fire unger spurtede det bedste, de havde lært, op over stranden mod klitterne og videre mod p-pladsen.

Da de nåeden kanten af klitterne, blev de ramt af lyskeglen fra en lommelygte. 'Hvad fandeme,' skreg grækeren, 'det er de hæslige fodboldunger, fang dem,' råbte han, til han var hel hæs. Ungerne vidste ikke, om det var alle fire mænd, der havde optaget forfølgelsen, eller om det kun var et par stykker, og de havde ikke i sinde at blive stående og tælle, hvor mange der kom, så de fortsatte deres flugt i fuld fart.

Da de nåede p-pladsen, kunne de høre mændenes råb ved klitterne og stranden. Lyskeglen nærmede sig, men mændene løb i zigzag, kunne de se. De havde åbenbart ikke set, at ungerne var løbet direkte op på p-pladsen, så de afsøgte stranden systematisk på vejen frem.

'Åh shit, hvad fanden gør vi?' hviskede Mikkel desperat. 'Jeg har en ide,' sagde Katrine stille, 'jeg ved ikke, om den kan lykkes, men det er nok vores eneste chance.'

Da mændene ankom til p-pladsen, stoppede de op og kiggede sig omkring. De lyste rundt med lommelygten. 'Hvor fanden blev de af, de kan da ikke bare forsvinde,' sagde en af mændene fra båden. Pludselig kunne man høre Mathias mobiltelefon ringe, præcis samme ringelyd, som havde afsløret dem på stranden. 'Aha,' sagde båd-manden igen og vinkede af de andre tre. 'Kom denne vej, nu har vi dem, åndssvage unger at lade sig afsløre af en mobiltelefon to gange i træk.'

De to af mændene og den gamle græker løb i retning mod lyden af mobiltelefonen, og den sid-ste af mændene blev stående for at holde vagt. Lyden kom fra en stor, lukket container, som stod i et hjørne af parkeringspladsen. Det var en af de helt store containere, som man også fandt på de forskellige lossepladser, sådan en med store jernlåger i siden.

'De schkøre unger har gemt sig i containeren,' sagde den gamle græker, 'men nu vi har dem.' De tre mænd åbnede ned til containeren, og lyden af en mobiltelefon, der ringede, blev endnu højere. Mændene kravlede alle tre ind i containeren for at fange ungerne, og da de alle tre var inde, løbe Mathias, Mikkel og Michael frem fra deres gemmested bag nogle træer og smækkede containerlågerne i. De satte en stor, tyk gren og et stykke drivtømmer, de havde fundet, i klemme mellem håndtagene, så den ikke kunne åbnes indefra. De tre mænd i containeren havde nu opdaget, at det var et bluff-nummer. Det var ikke børnene, der havde gemt sig, men blot Mathias' mobiltelefon, de hurtigt havde smidt ind i containeren, hvorefter Katrine, der stadig gemte sig, havde ringet til Mathias mobil, da hun så mændene ankomme til p-pladsen, for at narre dem.

Mændene bandede og svovlede og truede med alverdens ulykker for at komme ud, men intet hjalp. I mellemtiden var den fjerde og sidste af mændene blevet alarmeret af støjen, og bedst som drengene stod og frydede sig over den vellykkede fangst, kunne de høre Katrine. 'Slip mig så, dit store, fede, skaldede æg,' skreg hun, og de vendte sig alle tre og kunne se, at hun var blevet fanget af den sidste af mændene, som holdt hende i udstrakt arm over jorden, mens han grinede af hendes sprællen og banden

'Åh nej, stakkels mand,' sagde Michael, 'han ved vist ikke, hvor meget hun bliver tirret af at blive grinet af.' 'Jamen, jamen,' sagde Mathias, 'vi må sgu da hjælpe hende.' Michael kiggede på ham, 'nej, du, bare vent og se, det er nærmere ham, der får brug for hjælp nu.'

Foran dem kunne de se Katrine kæmpe hårdt, hun hang nærmest i den fri luft i mandens udstrakte arme. 'Uh ja, jeg bliver bange for dig, lille pige,' grinede manden, og det var den bemærkning, der ligesom tændte en ild i Katrines øjne. Drengene så måbende til, mens Katrine resolut sparkede et karatespark direkte mod mandens skridt, og hun ramte meget godt, måtte man sige. Manden slap Katrine og krøllede sig sammen på jorden i smerte. Katrine, der var helt tændt nu, knyttede hænderne sammen og gav manden et hårdt slag i ryggen, hvorefter hun bukkede sig ned og sparkede ham over skinnebenene og prikkede ham i øjnene. Manden rullede rundt i smerte og skreg: 'Stop stop!' og henne hos drengene kunne man stadig høre de andre mænd banke på indersiden af containeren og råbe. Katrine kiggede op. 'Ja, så er det nu, I godt må komme og hjælpe mig med at binde hænder og fødder på det brød her.' Hun kiggede smilende på dem. 'Mikkel. jeg må vel ikke lige låne dine snørrebånd til at binde med?'

Efter at have fanget og bundet den sidste af mændene, ringede børnene til politiet, som dog først smed røret på, fordi de troede, det var nogle møgunger, der lavede fis med dem. Da de ringede anden gang, var de blevet så kloge, at de fandt på noget helt andet.

Mathias sagde simpelthen til politimanden i telefonen, at de stod på stranden og kunne se, at der var nogle unger i gang med at smadre alle livredderposterne, og alle skilte omkring stranden. Det vidste de nemlig kunne få politiet ud af røret, for det lød meget mere sandsynligt, da netop det havde været et stort problem hele sommeren.

Da politiet ankom talstærkt, fik de forklaret hele historien om museet, bunkeren og de tilfangetagne mænd. Først virkede politiet ret skeptiske, men efterhånden som de fik afhørt mændene og fik gennemsøgt bunkeren, blev de mere og mere begejstrede.

I bunkeren fandt de et par perler, som mændene havde tabt, og masser af fodspor, som kunne forbinde mændene med bunkeren. Der blev også sendt fire politibetjente i robåd ud til den større båd, som stadig var ude på vandet med de store projektører tændt. Politibetjentene, som stod og snakkede med børnene, fik efter 15 minutter en melding over deres walkie talkier, at man på båden havde fundet tyvekosterne fra de sidste par museumsrøverier, og at man ville tage besætningen med på politistationen til afhøring om de andre tyvekoster.

Børnene blev kørt hjem i politibilen, men bad om lov til at blive sat af lidt før sommerhuset. Der var jo ingen grund til at vække forældrene og blive tvunget til at komme med lange forklaringer den halve nat. Det, de trængte til, var bare at sove.

10. kapitel

Når enden er god ...

Det var deres sidste dag i sommerhuset sammen. I morgen tidlig skulle de alle pakke og køre hjem, ferien var slut.

Det havde været nogle dejlige dage, og de to dage, der var gået, siden de havde pågrebet museumstyvene på stranden, havde været hektiske.

Næste dag var de gået til deres forældre og havde fortalt det hele. Først havde de gamle ikke troet på dem, men da det ringede på døren, og det var to politibetjente, der ville snakke med børnene, troede de på det.

Politiet havde brug for at få et par sidste detaljer på plads, og de kunne fortælle, at man havde fundet alle tyvekosterne.

De var, takket være nogle kontakter, 'den sure græker' havde, blevet transporteret til Grækenland, hvor det var meningen, de skulle have været solgt til private samlere. Alle tyvene inklusiv grækeren sad nu i fængsel og ventede på, at deres sag kom for retten, men der var så mange beviser, at der var stor sandsynlighed for, at de ville få lange fængselsstraffe. Politiet kunne også fortælle, at museums kustoden var blevet udskrevet fra sygehuset, og nu igen havde sin gang på museet, dog stadig assisteret af sin niece. Den ene af betjentene mente endda at have set kustoden smile ved nyheden om, at alle smykkerne var på vej tilbage til museet.

'Inden vi går, har vi en lille findeløn til jer,' sagde den ene af betjentene og smilede. 'Det græske turistråd kontaktede os, da de hørte om sagen, og da de mener, at I har reddet Grækenland fra meget dårlig omtale, som de ville have fået, hvis tyvekosterne var blevet solgt i Grækenland, fik vi til opgave at overrække jer denne her.' Politibetjenten rakte en konvolut frem mod dem.

De flåede den ud af hånden på ham alle fire, og det lykkedes Michael at få rykket den ud af hænderne på de andre tre, hvorefter han under hyl og skrig fra de andre, flygtede over i et hjørne og flåede den op. Der blev helt stille i stuen, mens de allesammen kiggede på Michael, og så kom det, skriget. Michael skreg i vildensky. 'Det er sindssygt, det er helt sindssygt, det er et gavekort til os alle fire og de fire gamle til en uges tur til den græske ø Samos.' Han stormede hen og faldt de tre andre, som nu også skreg, om halsen. De dansede rundt og jublede og grinede højt, da de kom til at se på deres forældre, som var gået helt i selvsving og dansede og hoppede rundt i den anden ende af stuen. Politibetjentene grinede og sagde tak for hjælpen og gik. Resten af dagen gik med grin og hygge og planlægning for dem alle otte. Fædrene blev rørstrømske og snakkede om, hvor nogle fantastisk kloge børn, de havde, og mødrene var allerede gået i shoppekoma ved tanken om alt, det de skulle købe og handle, når de kom til Samos. Ungerne trak sig tilbage til en lækker, lang tur i swimmingpoolen, hvor de snakkede om, hvor dejligt det blev at prøve at komme til udlandet sammen.

Næste morgen gik med at få det sidste pakket og slæbt ud i bilerne. Huset skulle gøres rent, og der var i det hele taget gang i alle mulige gøremål.

Da de var færdige og kun manglede at få huset kontrolleret af udlejningsselskabet, satte de sig alle fire ud i solen til en sidste hyggesnak.

'Du ser lidt bekymret ud, Mathias,' sagde Michael og lagde armen omkring ham. 'Du skal ikke være ked af, at ferien er slut. Tænk på vores dejlige tur til Samos. Vi ved godt nok ikke, hvornår det bliver, men det er da dejligt at vide, at det bliver til noget.

Mathias lænede sig tilbage og sukkede. 'Det er ikke det. Jeg har bare lidt dårlig samvittighed over for Sigrid. Vi udnyttede hende jo lidt, og hun virkede til at være så glad for mig. Jeg kan ikke lide at skulle være den, der knuser hendes hjerte.'

'Når man taler om solen,' sagde Katrine, 'se hvem der kommer der.' De kiggede alle op og så Sigrid komme spankulerende hen ad vejen med en dreng i hånden. Drengen var et syn for guder, han var nærmest det mandlige modstykke til Sigrid. Hans sorte hår var fedtet og strittede på den ufede måde, hans bukser var lige præcis lidt for korte til at kunne nå ned til de grimme, gule sokker. Han bar en ternet skjorte med en brun vest over, og desuden bar han meget store briller i sådan et stålindfattet stel, som man ellers kun så gamle mennesker bruge.

'Hej,' sagde Sigrid til dem, 'jeg kommer for at hente nøglerne.' Hun smilede bredt til dem allesammen, 'og mange tak for hjælpen, min onkel er i den syvende himmel over at have fået alle smykkerne tilbage på museet.' Sigrid vendte hovedet og kiggede på drengen. hun fulgtes med, hun rødmede let og sagde. 'Ja, og så kom jeg for at præsentere jer for min nye kæreste, dette er Anker.' Drengen fniste og rødmede. 'Vi mødte hinanden for et par dage siden, da vi begge deltog i et udvidet kursus i spejderknob, ja, og så sagde det bare bang.' Hun kiggede på Mathias. 'Ja, og undskyld, Mathias, du er en dejlig dreng, og jeg ved godt, du var lidt smålun på mig, men det er nok bedst, du glemmer mig og finder en anden sød pige.' Sigrid smilte og gik hen og gav Mathias et knus. Michael og Mikkel havde pludselig meget travlt med at kigge væk, mens de hostede for at undertrykke grineanfaldene.

Katrine fik afleveret nøglerne til Sigrid, og de tog alle afsked med hinanden og aftalte at skrive sammen.

Mathias var pludselig blevet helt glad at være sammen med, da han ikke længere var tynget af dårlig samvittighed over for Sigrid, og han var endda i så godt humør, at Michael og Mikkel til sidst måtte opgive at drille ham med Sigrids afsked.

Efter få timer var sommerhuset kontrolleret, og de stod og tog afsked med hinanden. Der blev krammet meget på kryds og tværs, både mellem børnene og mellem de voksne. Da de sad i bilerne og vinkede farvel til hinanden på vej væk fra sommerhuset, var det dog med glade tanker om den forestående rejse til Samos.